AF377402

LA VIE
ET MIRACLES

DE LA VIERGE MADAME
SAINCTE GENEVIEVE,

Patrone de Paris,

Par M. IACQVES CORBIN, *Conseiller &*
Maistre des Requestes ordinaires de la
Royne, Aduocat en Parlement.

A PARIS,

Chez ROBERT SARA, ruë de la Harpe,
au Bras d'Hercule.

M. DC. XXXII.

D'vn style releué transcendant dans la
nuë
Ie n'ay fait ce Liuret traictant d'humilité;
Parce que de tout temps la pure verité,
Telle qu'elle est icy se veut voir toute nuë.

LA VIE
ET MIRACLES DE
LA VIERGE MADAME
SAINCTE GENEVIEVE,
Patrone de Paris.

E chante les Vertus, la Vie, & les Mi-
racles,
L'ardante Pieté, les Vœux & les Oracles,
De Sainɔte GENEVIEVE, vne Vierge
de prix,
IESVS la prit pour sienne, elle pour sien l'a pris.
Vn champ prés de Paris, que lon nomme Nanterre,
Est le païs natal, & l'adorable terre,
D'où nous est surgeonné ce diuin arbrisseau,
Ce rayon de clarté, ce bel Astre nouueau.
Ny l'Europe iamais, ny l'Arabie heureuse,
N'ont produict vne fleur si rare & precieuse.
SEVERE vn bon Chrestien, & sa GERONCE aussi,
Eleuerent leur fille en la foy tout ainsi,
Que Sainɔt Denis l'Apostre enseigna dans la France,
La luy faisant succer dés le laiɔt de l'enfance.
C'estoient de bonnes gens viuans de leur trauail,
Leur bien estoit leurs mains, & tout leur attirail

A ij

Estoit tout ce qu'il faut au parfaict labourage,
Au mesnage des champs, au soin du pasturage.
 Aagée de six ans, aduint que Sainct Germain,
Euesque plein de foy, tout doux & tout humain,
Le septiesme en ce rang de l'Eglise d'Auxerre,
Pour faire auec Sainct Loup voyage en Angleterre,
 Quittant l'vn la Bourgongne, & l'autre les Troyens,
Pour combatre de voix l'erreur des Pelagiens ;
Par rencontre passant en ce petit village,
Au deuant de luy vint entre autres ce visage,
Tout doux, tout enfantin, tout aggreable aux cieux,
 Qui rauit tout à coup & son cœur & ses yeux :
Vne pointe d'amour luy frappa dedans l'ame,
Vn rayon le brusla d'vne diuine flame,
D'vn esprit tout rauy ne pensoit plus qu'à soy,
Ses charmes le tenoient comme tout en esmoy.
Ma fille, luy dit-il, prenez garde à ce cierge
 Qui brusle dãs vos mains; Dieu vous veut pour sa Vierge,
IESVS pour son espouse, & d'vn amour bruslant,
Alliez en mesme ardeur les autres enflamant
Par vostre exemple sainct, luy donnant la foy pure,
De l'aimer à iamais d'vne entiere nature.
Ne le voulez-vous pas d'amour parfaict & doux,
 Qu'à iamais IESVS-CHRIST soit vostre seul Espoux?
Hé! c'est tout mon desir, luy dit ce petit Ange,
Si Dieu par son vouloir mon courage ne change;
Priez-le, Pére Sainct, priez-le, s'il vous plaist,
D'en parfaire le vœu, qui dans mon cœur me naist.
Cela dit, Sainct Germain se porte dans l'Eglise,
Sa main dessus sa teste, & lors comme il aduise,
Et Seuere & Geronce il leur dit à tous deux ;
Venez-çà, mes enfans, Dieu vous rend trop heureux,

De vous auoir donné ceste fille en partage,
Ce vous est vne grace, vn thresor & vn gage,
Si rare & precieux qu'au ciel elle luira
Comme vn Astre, & en terre elle aussi regnera,
Par bienfaicts de sa main sur le peuple de France
Les Anges à son naistre ont fait resiouïssance.
Amenez-la demain, & Dieu m'ordonnera
De faire d'elle-mesme ainsi qu'il luy plaira.
　　Le lendemain venu la Vierge se presente
D'vn visage riant, & ferme elle se plante
Sur ses pieds belle & droicte. Et l'Euesque luy dit,
Auez-vous bien pensé d'espouser IESVS-CHRIST?
Voulez-vous luy voüer la virginité saincte
Que ie voy dans vos yeux & vostre cœur emprainte?
Ce mot, Virginité, fit rougir son beau teint,
Vermillonnant sa face, ainsi qu'vn œillet peint
De diuerses couleurs : comme vne rouge rose
Qu'vn Printemps sur vn Lys auroit le iour esclose.
Sainct Germain s'esiouit de voir ceste couleur :
Car la plus belle c'est celle de la pudeur.
Ouy, dist-elle, mon pere, à luy seul ie me donne,
Mes vœux, mon cœur, mon corps, à luy seul i'abandonne.
Mon ame, mon amour, mes sens, & mon esprit,
Ie resigne & déuoüe à mon seul IESVS-CHRIST.
Et moy ie vous accepte, & comme estant son Prestre,
Ie vous consacre à luy pour sienne à iamais estre,
L'aimer & le seruir ainsi que vostre Espoux,
Seure que comme telle il aura soin de vous,
Et vous fera seruir par la main de ses Anges,
Et meriter de tous de diuines loüanges.
Ie vous en donne donc ma benediction,
Citoyenne à iamais de la saincte Sion.

A iij

Iettant l'œil à ses pieds, il y voit apparestre
Vne piece d'argent ne faisant que d'y naistre,
Ayant aux deux reuers pour image la Croix,
Adorable signal de IESVS Roy des Rois.
Il la prend & la donne à la Vierge Royale,
Disant, tenez, voilà la pompe nuptiale
Que IESVS vostre espoux vous donne de sa main,
Pour chaine & pour collier pendez-le à vostre sein ;
Fuyez tout autre fard dont le monde se gorge,
D'autres perles iamais ne souillez vostre gorge :
Surmontez par la Foy l'effort de la raison,
Et le monde & la chair par la saincte Oraison.
    Se separent ainsi ces deux saincts personnages,
Remportans de leurs voix par leurs mutuels gages,
Qu'en leurs deuotions, & prieres & vœux,
Ils se resouuiendroient l'vn l'autre chacun d'eux.
    Ie luy donne ce nom de la Vierge Royale,
Parce que iouissant de la Foy nuptiale
De IESVS Roy des Rois, les femmes ont le prix
De la gloire & l'honneur qu'on donne à leurs maris.
    Geronce vn iour apres la voulant forcer d'estre
A garder la maison pendant que le sainct Prestre
Dans l'Eglise chantoit les loüanges de Dieu,
Elle y voulant aller, comme estant en ce lieu,
Qu'elle deuoit se rendre, & de ses léures dignes
Redire à basse voix les Psalmes & les Hymnes :
Sa mere impatiente & par trop de courroux
Luy donne sur la ioüe, & soudain son Espoux
Vengeant cet attentat luy fit perdre la veuë ;
Et durant vingt-vn mois elle en fut despourueuë.
En fin se repentant elle reuint à soy,
Et dist en souspirant ; Ma fille, gueris moy,

Pren ce feau, va au puits, tire-moy de l'eau claire,
Et m'en laue les yeux à fin qu'elle m'efclaire.
Car ie croy fi tu veux innoquer ton efpoux
Qu'il me fera reuoir comme auant fon courroux.
La Vierge humble s'en court, & d'vne adreffe pronte
Tire de l'eau du puits, & voyant qu'elle monte
Sous l'effort de fon bras, fe fouuenant auffi
Que fa mere fouffroit pour l'amour d'elle ainfi,
D'vn foufpir enflamé elle perce la nuë,
Elle dict, Rends, IESVS, à ma mere la veuë.
Dés la premiere fois qu'elle laue fes yeux,
Elle commence à voir, la feconde vn peu mieux,
La tierce tout à faict la veuë eft auffi belle
Qu'au Printemps de fon aage eftant ieune pucelle.
Tout le monde admira ce miracle nouueau,
Comme faict fans remede autre que de claire eau.
Dieu, dift la mere alors, ie te rends humble grace
Tu me rends la lumiere & l'honneur de ma face.
Le peuple la reuere, & la mere fur tous,
La tient en grande eftime à caufe de l'Efpoux.

En ce temps n'y auoit tant de clos Monafteres,
Pour y viure en commun fous des Abbez aufteres;
Ainçois apres le vœu de la profeffion,
Chacun viuoit chez foy, fous fa deuotion.
L'aage eftant donc venu de fe faire profeffe,
Elle va vers l'Euefque en plus grande ieuneffe
Que deux autres auffi lefquelles fe voüoient
Plus auant dedans l'aage, & mefmes vœux offroient.
Pource elle les fuiuoit demeurant la derniere :
Mais l'Euefque voyant qu'elle eftoit la premiere
En merite & vertus, la fit mettre au deuant,
Par honneur deuant tous, Dieu le luy reuelant.

A iiij

Depuis elle vefquit en vne grande crainte,
Et vn amour de Dieu, comme eftant toute Sainĉte,
Sous l'aile de fa mere, & de fon pere außi,
Les feruant humblement d'vn curieux foucy.
Ils moururent tous deux, la laiffans ieune d'aage,
Heritiere à leur mort d'vn petit heritage.
Elle pria pour eux, les pleurant tendrement,
Portant le dueil au cœur plus qu'à fon veftement.

Comme il n'eft pas feant en fi grande ieuneffe,
Seule en vne maifon demeurer fa maiftreffe;
Sa marraine, vne Dame & d'honneur & de prix,
L'a faiĉt venir chez foy pour viure dans Paris.
Où peu de iours après tombant en maladie,
Son corps fut tout perclus d'vne paralyfie,
Et demeura trois iours qu'il fembloit que fon corps
Deuft eftre pour iamais mis au nombre des morts.
En fin Dieu luy rendit fa fanté toute entiere,
Et la luy conferua iufqu'à l'heure derniere,
Qu'elle mourut, ayant plus de quatre-vingts ans.
C'eftoit bien pour monftrer viuant vn fi long temps,
Que telle guerifon eftoit vn pur miracle,
Et de faiĉt elle mefme en rendit fon oracle.

Elle naift quatorze ans apres que les François
Eurent fous Pharamond regné fur les Gaulois,
De Clodion fon fils la quatriefme année :
Elle vefcut encor fous le Roy Merouée,
Et deffous Chilperic, & fous le grand Clouis,
Iufqu'apres fon deceds au regne de fes fils.

Or pendant qu'elle eftoit en fa paralyfie,
Elle fut plufieurs fois iufques aux Cieux rauie,
Et iufques aux enfers, où elle veid les feux
Des damnez, & des bons le Paradis heureux.

Ce fut lors que IESVS luy donna l'asseurance
De regner dans Paris l'œil d'honneur de la France,
D'en estre la Patrone, & luy donner secours
Quand elle le voudroit en tout temps & tousiours,
De disposer du ciel, & le descendre en terre,
Tant il veut honorer la fille de Nanterre.
Il luy donna le don de cognoistre les cœurs,
Le passé, l'aduenir, les iustes, les pecheurs,
De guerir à chacun le mal qui le deuore,
De chasser les esprits aux possedez encore :
Et bref tout ce qu'il peut il le met en la main
D'vne Vierge si douce, & d'vn cœur tant humain.
Mesme apres que son corps soit pourry sous la terre,
Tant il veut honorer la fille de Nanterre.

    Le secret des grands Rois veut estre tout couuert,
Mais le secret de Dieu veut estre tout ouuert,
Disoit l'Ange à Tobie, ainsi que la chandelle
Que sous le boisseau clos iamais on ne recelle.
C'est pourquoy nostre Vierge en dit publiquement
Ce que Dieu luy auoit commis secrettement.
Elle en fit telle preuue à chacune rencontre,
Qu'apres on n'osa plus en parler à l'encontre.
    Sainct Germain derechef sortant de l'Auxerrois
Pour refuter encor les erreurs de l'Anglois,
Repassant à Paris luy donna sa visite,
Pour faire voir à tous le prix de son merite.
Prians tous deux ensemble, il monstra que ses pleurs,
Mouillans la terre estoient tesmoins de ses ardeurs.
    Tout le monde fuyant le torrent de la guerre,
Attila Roy des Huns, dict le Fleau de la terre,
Ainsi que tout Paris s'enfuyoit hors de soy,
Elle arreste le peuple, & luy dit, croyez-moy,

I E S V S *m'a reuelé que vous n'auez que craindre,*
Paris sera sauué, n'ayez dequoy vous plaindre.
On la creut, & les flots de cest espouuentail
Portent ailleurs l'effroy de tout cest attirail.

    Sa vie en son manger estoit autre qu'humaine,
Ne mangeant que deux iours en toute la semaine,
Le Dimanche & Ieudy, des febues & du pain,
Et ne beuuant iamais cidre, biere, ny vin ;
Encore du pain d'orge, & febues long temps cuites,
De quinze à dix-huict iours en de noires marmites.
Quand elle eut cinquante ans elle mangea du laict,
Et du poisson aussi, pour obeïr de faict
Au sainct commandement du Pontife & du Prestre,
En chose que ce fust ne voulant rebelle estre.

    Deuote impatiente enuers le Sainct Denis,
Apostre de la France, Euesque de Paris,
Le premier qui planta la Foy dedans les Gaules,
Et auquel on osta de dessus les espaules
La teste d'vn seul coup, & la prit en ses mains,
La portant de Montmartre au Sepulchre des Saincts,
Au giron de Catule, au milieu du village
Lequel est maintenant dé ce Sainct l'heritage ;
Auparauant nommé le lieu Catulien,
Catule en estant Dame, & l'ayant comme sien.
La Vierge se faschoit que ce Sainct on mesprise,
Ne luy faisant bastir vne plus belle Eglise.
Elle crie, elle prie, en fin elle faict tant,
Que lon n'y trouue plus aucun empeschement,
Sinon qu'on ne pouuoit trouuer de la chaux viue.
Par miracle elle en trouue, & commande qu'on suiue
Des porchers, qui disoient auoir veu des fourneaux
En bon nombre remplis de quantité de chaux:

Lors on edifia de Sainct Denis d'Eſtrée
L'Egliſe, mais auant qu'elle fuſt accouſtrée,
Elle emplit par miracle vne cruche de vin,
Laquelle ſans dechet dura iuſqu'à la fin.

Allant en ceſte Egliſe auec vn ardant cierge,
Le diable l'eſteignant dans la main de la Vierge,
A minuict dans l'obſcur, l'Ange le r'allumoit,
De ce cierge les maux elle les gueriſſoit.
Meſme vn cierge tout neuf le prenant il s'enflame,
Tant le ciel obeït au vouloir de ſon ame.

Vne grande famine auenant à Paris,
Pour or ny pour argent, prieres ny amis,
On ne pouuoit auoir des bleds de la Champagne.
Elle prend ce qu'elle a, ſe met en la campagne,
Sur Seine faict monter grand nombre de batteaux.
Et comme ſe cachoient ſous vn arbre & les eaux
Deux monſtres qui noyoient les batteaux de riuiere,
Elle deſtruit le tout par ſa forte priere.

Sur la riuiere d'Aube au village d'Arcy,
Le Seigneur elle trouue en extreme ſoucy
Par quel ordre il pourroit voir ſa femme guerie,
Malade dés quatre ans de la paralyſie.
La Vierge la guerit par vn mot de ſa voix,
Et ſur elle faiſant le ſigne de la croix.
Ma fille leue-toy. Soudain elle ſe leue,
Et ſaine vient ſeruir la Saincte GENEVIEVE.

En la ville de Troye à la fin arriuant,
Tout le peuple à la foule alloit la ſaliſant.
Les malades venoient pour iouïr des miracles,
Les doctes & les ſains pour ouïr ſes oracles.
Vn homme trauaillant le Dimanche eſt puny,
Aueuglé dés long temps, par elle il eſt guery.

Vne fille en douze ans auoit esté sans veuë,
La Vierge la guerit si tost qu'elle l'eut veuë.

D'vn Sousdiacre le fils fieureux depuis dix mois,
Guery beuuant de l'eau signée de la croix.

Plusieurs autres encor iouïrent de sa grace,
Nul ne s'en retournant esconduit de sa face.

Elle eut aussi des bleds plein ses vnze batteaux,
Qu'elle fait promptement renager sur les eaux.

Repassant par Arcy celle qu'elle a guerie,
La retient quelques iours, par apres l'a suiuie
Iusqu'où pour s'embarquer sa flotte l'attendoit.

Assez pres du depart peu à peu s'esleuoit
Vn bruyant tourbillon, vn furieux orage,
Menaçant les batteaux de perte & de naufrage,
Iettez desia dedans des arbres & des rocs,
Et l'on ne pouuoit plus les tenir par les crocs,
Et l'eau de toutes parts y entrant les submerge,
En ce peril extréme à genoux est la Vierge.
Elle n'eut pas long temps poussé son oraison,
Que l'orage s'accoise, & la nauigaison
Se donnant la victoire au fort de la tempeste,
Chassant ce qui menace à foudroyer la teste,
Se fit en la bonace ainsi qu'auparauant.
Ainsi elle commande aux vagues & au vent.

Arriuée à Paris elle met en farine
Et en pain tous ses bleds, pour vaincre la famine
De tant de pauures gens ausquels elle donnoit
Par charitable amour tout ce qu'elle pouuoit.
Les pains dedans le four elle les prenoit mesme,
Pour assouuir au pauure vne indigence extréme :
Disant que qui vouloit s'enrichir tout à coup,
Par le pauure il faloit prester à Dieu beaucoup.

Elle auoit de couſtume arriuant le Careſme
De ſe r'enfermer ſeule & faire vn ieuſne extréme.
Vne femme voulut curieuſe ſçauoir
Ce qu'elle faiſoit tant, la ſurprendre & la voir:
Dieu la punit ſoudain, & la priua de veuë,
Dont elle demeura dés l'heure deſpourueuë:
Iuſqu'à ce que la Vierge euſt acheué ſes iours,
Et que ſe repentant vne fois pour touſiours,
Elle luy promit d'eſtre à iamais ſa fidelle,
La Vierge rend la veuë à ſa double prunelle.

Vn iour on luy mena douze forts poſſedez,
Que les eſprits malins tenoient tant obſedez,
Que c'eſtoit vne horreur d'en voir les grands outrages,
Les gehennes, les douleurs, les martyres, les rages.
Elle leur commanda d'aller à Sainct Denis,
Que par elle ils ſeroient tout à l'heure ſuiuis.
Cependant elle enioint à ces eſprits de Diables,
De ne faire aucun mal à tous ces miſerables.
Ils y vont auſſi toſt, la force de ſa voix
Les deliure de mal par vn ſigne de croix.
Ces demons en ſortant tout l'air ils infecterent.
Ces douze ainſi gueris deuant tous confeſſerent
Auoir veu Sainct Denis faire tous ſes effors,
Combatre les demons, & les chaſſer dehors.

Vne mere eſplorée en ſa cellule ameine
Vn enfant de quatre ans encor cathecumene,
Depuis trois heures mort noyé dedans vn puits,
Elle le reſſuſcite & luy rend vif ſon fils.
Aux Paſques enſuiuans on le baptiſe, & comme
En ſa cellule né Cellomer on le nomme.

Vn Aduocat de Meaux tout ſourd & tout boiteux,
En luy touchant l'oreille elle guerit les deux.

Tant de diuins effects cogneus de tout le monde,
Luy donnent vn beau nom sur la terre & sur l'onde,
Et la font reuerer des peuples & des Rois,
Et mesme des Payens tels qu'estoient les François.
Cela seruit beaucoup pour leur faire apres croire
De IESVS nostre Dieu la grandeur & la gloire.

  Chilperic Roy de France, encore que Payen,
L'honorant & l'aimant ne luy refusoit rien.
Il croyoit que faisant des miracles sans cesse,
Elle estoit sur la terre vne pure Deesse.

  Ayant faict condamner vn iour des criminels,
Iustement conuaincus, & pour des crimes tels
Qu'il eust bien desiré ne leur en donner grace;
Il craignoit que la Vierge approchast de sa face
Pour la luy demander. Par son commandement
Les portes de la ville on ferme promptement:
Elle vient toutesfois. La porte à sa voix s'ouure,
Il la void à ses pieds dedans vn autre Louure.
Il ne veut, il ne peut, son esprit balançant
Et la Vierge & le crime, en fin il y consent.

  Le grand Clouis son fils en faisoit tout de mesme
Estant encor Payen : mais apres son baptesme
Qu'il creut en IESVS CHRIST, elle eut tous ses thresors
Pour bastir son Eglise où repose son corps.
Et la fit consacrer sous le nom de Sainct Pierre
Et de Sainct Paul Apostre, & tout le clos de pierre
Que lon void, fut depuis de Clouis le Palais.
Sous vn marbre en l'Eglise est son corps pour iamais.

  Clothe le suruiuant l'accreut bien dauantage.
Mais tous ses ornemens ont esté de nostre aage
Par la despense & soin de la ROCHEFOVCAVT,
De ce grand Cardinal, qui fit leuer en haut

Sur quatre pilliers droiᵈs ce ſainᵈ corps, ceſte chaſſe,
Laquelle à tous momens de Paris nos maux chaſſe :
Pilliers de marbre fin, le plus fort, le plus beau,
Pour porter dedans l'air vn ſi ſacré tombeau,
Qu'en grand crainte on deſcend de deſſus ſa colonne,
Quand vn malheur public nous menace & talonne.
Afin que lon le porte en grand deuotion,
Faiſant publiquement vne proceſſion.
Ceſte Chaſſe eſt d'argent vermeil d'or, où eſclate
La perle, le rubis, le diamant, l'agathe,
Piece plus precieuſe & de plus rare prix
Que ne ſont les tombeaux des vieux Rois de Memphis.
   Doncques de ſon viuant ſi grand fut ſon merite,
Que meſme le cogneut Sainᵈ Simeon Stellite,
Lequel de ſa colonne où il fut quarante ans,
Prioit les pelerins d'icy le viſitans,
De le recommander à ſes ſainᵈes prieres,
Sçachant qu'elles n'eſtoient enuers Dieu des dernieres.
Loüant ſa ſainᵈeté, & publiant ſon prix,
Courans en meſme courſe ils eſtoient bons amis.
Et l'vne eſtant en France, & l'autre à Antioche,
D'eſprit ſainᵈ & de vœux, l'vn de l'autre s'aproche.
   Et pour vous faire voir comme elle cognoiſſoit
Et le bien & le mal de ceux qu'elle voyoit :
Il ſuffira d'en dire vne ſommaire hiſtoire
Pleine de verité, pour marque à la memoire.
Vne Vierge profeſſe ayant deuotion
D'apprendre & d'imiter ſes mœurs & ſon aᵈion :
L'eſtant venu trouuer, à part elle l'appelle,
Luy demande, eſtes-vous encor vierge & pucelle ?
Et la foy de vos vœux eſt-elle entiere à Dieu ?
Ayant reſpondu Ouy, elle luy dit le lieu,

Et le temps, & celuy qui l'auoit violée :
Apres le confeſſant elle l'a conſolée.

   Les larmes du pecheur & la contrition,
En obtiennent la grace & la remiſſion.
Par le ſainſt Sacrement de vraye Penitence
Le ſang de IESVS-CHRIST efface toute offence.
A mille & mille encor elle en dit tout autant,
Elle eſt vne Prophete, vn Oracle viuant.

   Or outre ſa bonté de voir à gaye face
Ceux qui de toutes parts vont implorer ſa grace,
Appliquant à leurs maux le remede diuin
Que Dieu diſtribuoit par ſa prodigue main ;
Pour ſouffrir eſtre veuë elle entreprit voyage,
Et par deuotion faiſoit pelerinage,
Viſitant diuers lieux ; Noſtre-Dame de Laon,
A Orleans le tombeau du deuot Sainſt Aignan,
A Sainſt Martin de Tours. Par tout où elle paſſe
Touſiours en ſon chemin elle faiſt quelque grace.
Le peuple qui le ſçait va par tout au deuant,
Tout humble, tout deuot la Vierge receuant.

   Comme elle arriue à Laon, tout le monde la prie
D'aller voir vne fille en ſa paralyſie
Depuis plus de neuf ans, ayant les os retraits,
Sans iointures, ſans nerfs, de la mort les pourtraits.
Elle y va, tout le peuple en tourbe l'a ſuiuie,
Et maniant ſon corps elle la rend guerie :
Elle luy commanda ſeule de ſe veſtir,
Et ſoudain en l'Egliſe auec elle venir.
Elle ſe leue ſaine, & du miracle eſtrange
Tout le peuple s'en va rendre à IESVS loüange.

   A Orleans comme elle eſt en l'Egliſe à genoux,
Vne mere en plorant luy diſt ; Vierge aidez nous

Ma fille est à la mort d'vne fiéure assaillie :
La Vierge luy repart ; Va, ta fille est guerie.
La mere eut de là ioye, & void en retournant
Que sa fille à grand pas luy venoit au deuant.

Vn valet que son maistre alloit battre à outrance,
Implora son secours, n'ayant autre defence.
Le maistre elle en pria, luy, respond de mespris,
Mais vne fiéure chaude incontinent l'a pris.
Il recourt à la Vierge, & pardonnant la faute,
La Vierge luy pardonne & sa fiéure luy oste.

Baissant sur la riuiere elle appaise le vent,
L'orage & le peril qui l'alloit poursuinant.

On luy presente à Tours plusieurs Energumenes,
Tous elle les deliure & les sort de leurs peines.

De retour à Paris elle opere plus fort,
Continuant tousiours, & mesme apres sa mort.

Certes il nous faudroit mille & mille Iliades
Si nous voulions descrire icy tous les malades
Ausquels elle a donné & donne encore secours :
Le nombre est infiny bien plus grand que de iours.
Et qui pourroit nombrer les gouttes de la pluye,
Les oisillons de l'air, les pigeons de la fuye,
Les flambeaux de la nuict, les estoiles des Cieux,
Les fleurs que le Printemps espanoüit à nos yeux,
Les sables de la mer, il diroit les miracles
Qu'elle a faits, qu'elle fait aux lieux de ses Oracles.
Car par tout où elle est, ou sa Chasse, ou son Nom,
On ne l'inuoque point sans en auoir le don.

Auant que passer outre, il faut que ie n'oublie
D'amener en ce lieu la saincte Celinie,
La premiere professe à sa reigle, à sa voix,
Delaissant son espoux pour viure sous la croix.

Son eſpoux enflamé d'vne ardeur non égale,
Vouloit ioüir du fruict de la foy nuptiale,
Et l'vne & l'autre Vierge en furie il pourſuit,
L'vne & l'autre en l'Egliſe à ſauueté s'enfuit.
Mais la porte eſt fermée, & preſque il les attrape:
La Foy l'ouure, ô miracle! & l'vne & l'autre eſchappe.

Six cens ſeize ans apres ſon bien-heureux treſpas,
Sous le Roy Louis le Gros il arriua ça bas
Vn mal lors inconnu, Feu ſacré lon le nomme,
Lequel iuſqu'à la mort va bruſlant & conſomme.
Apres qu'on tente en vain l'Hippocrate ſecours,
A IESVS & ſa mere on eut auſſi recours.
A Paris toutefois nul ſecours on ne donne,
S'il n'eſt en fin requis par la Vierge Patrone.
Mais ſon corps apporté en grand deuotion
Par les Preſtres ſacrez en la proceſſion,
Si toſt que la Chaſſe entre au Temple Noſtre-Dame,
Obtient toute ſanté quiconque la reclame.
Si toſt que lon la touche on eſt en vn clein d'œil
Auſſi ſain, auſſi net, que le plus beau Soleil.
Ce iour là plus de cent en eurent allegeance;
Le mal meſme ceſſa par toute noſtre France.
Trois par faute de Foy, ſeuls n'eurent du ſecours,
Incredules en l'ame ils finirent leurs iours.
Pour marque du Miracle on eſleue ce Temple,
Lequel de ſon portail Noſtre-Dame contemple.
Vne Feſte s'en faict au meſme iour & temps,
Le vingt-ſix de Nouembre; On l'appelle, Aux-Ardans.

Ce qui eſt admirable, eſt qu'en la Franconie
Ce ſacré Feu bruſlant cruciant de furie
Vn Preſtre fort ſçauant, docte Predicateur,
De Fulde au dioceſe & reſſort de Virthbeur,

Qu'on nomme Iean Schymel, ne trouuant nul remede,
Quelque Sainct qu'à son mal deuot il intercede.
Vne nuict en dormant il entend vne voix
Qui luy parle & luy crie à deux diuerses fois,
GENEVIEVE, il s'esueille, & prend vne Legende,
Pour y lire sa vie, afin qu'il y entende
Le secret de la voix ; & comme il y eut veu
Des Ardans le Miracle, il fait soudain son vœu :
Et s'estant rendormy la Vierge se presente,
Le guerit, & du mal en vn moment l'exempte.
Il enuoye à Paris le signal de l'effect,
En l'an mil cinq cens cinq ce miracle s'est faict.

VOEV
A LA VIERGE MADAME
SAINCTE GENEVIEVE,
Patrone de Paris.

SONNET.

Geneviev e sacrée, Espouse de mon Maistre,
Patrone de Paris, l'œil du monde François;
Ie suis par trop ingrat des biens que ie reçois
De ta prodigue main, sans les faire parestre.
Vn iour que languissant sur le moment peut-estre
D'arracher de mon sein & ma vie & ma voix;
Parlant bas en mon cœur, ton beau Nom i'innoquois,
Miracle! mon mal cesse, & ma santé vint naistre.
Deux ou trois fois depuis tu m'en as faict de tels.
Ie vien t'en rendre grace aux pieds de tes Autels,
Pour prix y consacrant ces Vers à ta memoire.
Belle Estoile du Ciel, Astre benin & doux,
Vierge, obtien par amour de IESVS ton Espoux,
Que ie flamboye vn iour des beaux feux de sa gloire.

CORBIN.

A MONSIEVR CORBIN,

Sur la vie de Madame Saincte GENEVIEVE,
Patrone de Paris: par luy mise en
Vers François.

DV deuot CARDINAL imitant le sainct zele,
Qui pour toucher les cœurs de chasque ame fidele,
Hà si pompeusement (en l'honneur de PARIS)
De sa PATRONE orné le Sacré-sainct Pourpris:
Tu te monstres, CORBIN, vers cette SAINCTE mesme,
(Pour t'auoir, apres DIEV, sauué de la Mort blesme,)
Tout plein de pieté: descriuant en beaux Vers
Sa Naissance, sa Vie, & Miracles diuers.

D. ROVILLARD.